おはなしドリル
ベストセレクション

はじめての おはなしドリル

低学年

もくじ　はじめてのおはなしドリル

この本のつかい方

このドリルは「おはなしドリル」シリーズのおはなしを集めた、ベストセレクション版です。１回１～２ページで、楽しく読解力が身につきます。

おはなしを１話分、読んでいきましょう。
今日はどんなおはなしか、毎日楽しみましょう。

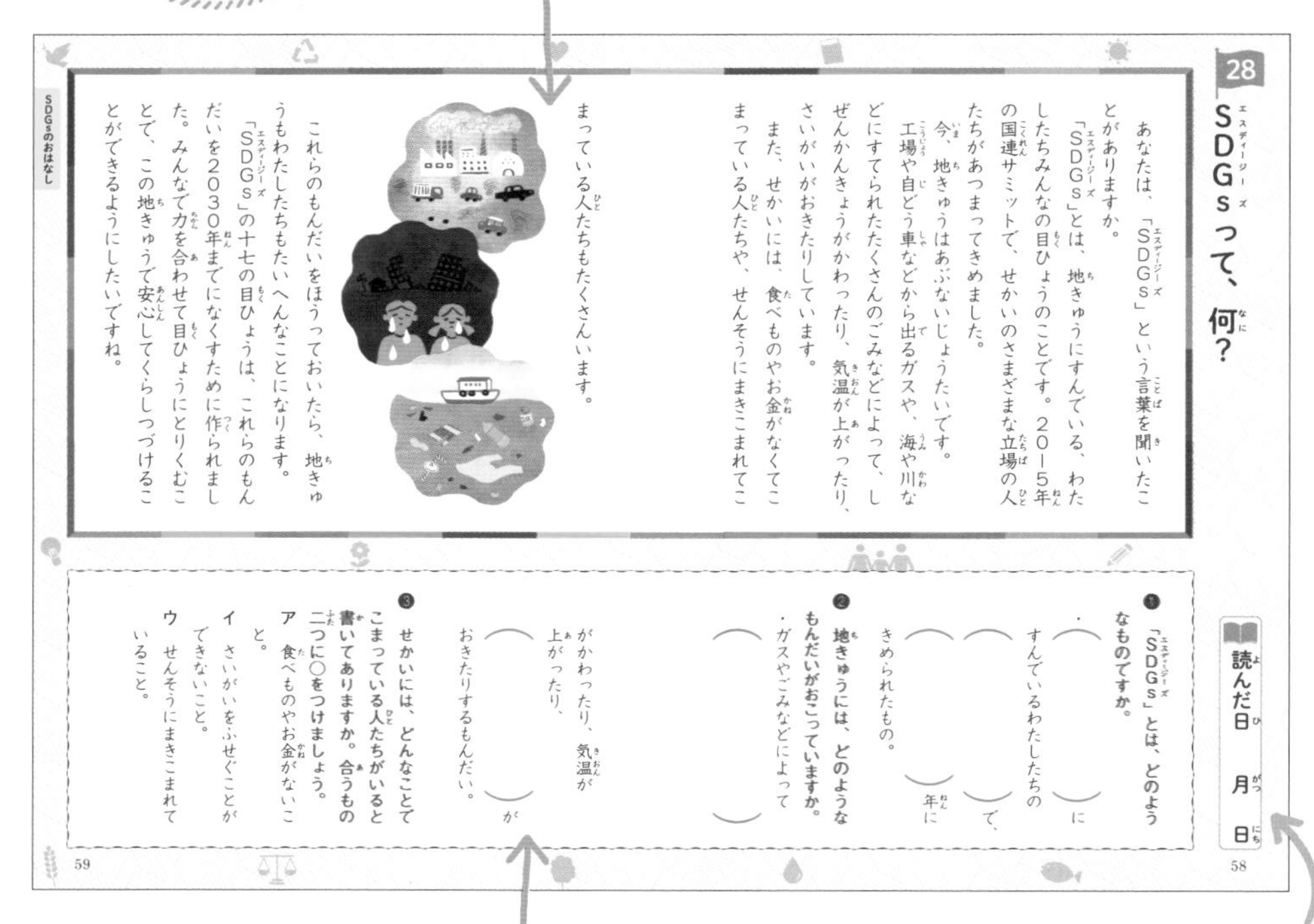

28

SDGsって、何？

あなたは、「SDGs」という言葉を聞いたことがありますか。

「SDGs」とは、地きゅうにすんでいる、わたしたちみんなの目ひょうのことです。２０１５年の国連サミットで、せかいのさまざまな立場の人たちがあつまってきめました。

今、地きゅうはあぶないじょうたいです。

工場や自どう車などから出るガスや、海や川などにすてられたたくさんのごみなどによって、しぜんかんきょうがかわったり、気温が上がったり、さいがいがおきたりしています。

また、せかいには、食べものやお金がなくてこまっている人たちや、せんそうにまきこまれてこまっている人たちもたくさんいます。

これらのもんだいをほうっておいたら、地きゅうもわたしたちもたいへんなことになります。

「SDGs」の十七の目ひょうは、これらのもんだいを２０３０年までになくすために作られました。みんなで力を合わせて目ひょうにとりくむことで、この地きゅうで安心してくらしつづけることができるようにしたいですね。

SDGsのおはなし

読んだ日　月　日

❶「SDGs」とは、どのようなものですか。

・（　　　）にすんでいるわたしたちの（　　　）で、（　　　）年にきめられたもの。

❷地きゅうには、どのようなもんだいがおこっていますか。

・ガスやごみなどによって（　　　）がかわったり、気温が上がったり、（　　　）がおきたりするもんだい。

❸せかいには、どんなことでこまっている人たちがいると書いてありますか。合うもの二つに○をつけましょう。

ア　食べものやお金がないこと。
イ　さいがいをふせぐことができないこと。
ウ　せんそうにまきこまれていること。

58

59

読んだおはなしについて、
読みとり問題にとり組みましょう。
終わったら、おうちの人に
答え合わせをしてもらいましょう。

おうちの方へ

この本で取り上げている文章は、１話が短く、気軽に楽しく読めるおはなしばかりなので、読書習慣をつけるのに最適です。また、ただ読むだけで終わらず、問題を解くことで、正しく内容を読み取れているかを確かめることができます。毎日の読書と文章読解のトレーニングで、読解力がぐんぐんアップします。

＊終わったら、答え合わせをしてあげてください。

おはなしドリル
シリーズしょうかい

おはなしドリル ベストセレクション

「はじめてのおはなしドリル」に 入(はい)って いる おはなし

おはなしドリル ベストセレクション

「科学(かがく)と自然(しぜん)のおはなし」に 入(はい)って いる おはなし

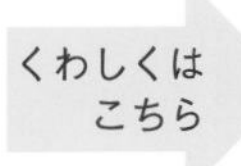

「おはなしドリル」 シリーズラインナップ
https://ieben.gakken.jp/s_series/ohadori/

1 うさぎと かめ

イソップ

「かめさん、あそこの おかの 上まで、かけっこを しよう。」

足の はやさが じまんの うさぎが、足の おそい かめに いいました。

「ようい！ どん！」

うさぎは、どんどん 先に はしって いきました。おかの 下まで きた とき、うさぎは じぶんの ほうが ずっと はやいと あんしん して、ひと休み。ぽかぽか あたたかい 日ざしに、つい いい 気もちに なって、うとうとして しまいました。

かめは、その あいだも、一生けんめい はしりつづけました。

読んだ日　　月　　日

1 うさぎと かめは、どこまで かけっこを するのですか。（　）に あう ことばを かきましょう。

・（　　　　　　）まで。

2 うさぎが おかの 下で ひと休みしたのは、どうしてですか。よい ほうに、○を つけましょう。

ア じぶんの ほうが ずっと はやいと、あんしんして いたから。

「しまった！　ねすごした！」
目を　さました　うさぎは、おかを　のぼって
いる　かめを　見つけて　大あわて。
大いそぎで　かめを　おいかけましたが、かめ
の　ほうが　一足　早く、ちょう上に　たどりつ
きました。
「ああ、しっぱいした。なまけた　ぼくが　わる
かった。」

イ　あたたかい　日ざしに、
つい　いい　気もちに
なったから。

❸ うさぎが　目を　さました
とき、かめは、どう　して
いましたか。

・（　　　　）を　のぼっ
て　いた。

❹ うさぎは、なぜ　しっぱい
したと　おもって　いますか。
四字で　かきましょう。

・□□□□
から。

2 アリババと 四十人の とうぞく

アラビアン・ナイト

アリババが、森で 木を きって いると、たくさんの うまの 足音が きこえて きました。こわく なった アリババが、いわ山の そばの 木の かげに かくれて いると、四十人の とうぞくが、うまに のって やって きました。

とうぞくたちは、いわ山の まえで うまを おりました。手には、たくさんの にもつを もって います。とうぞくの おやぶんが、大きな こえで さけびました。

「ひらけ ごま!」

すると、いわ山が ゴゴゴッと われて、入り口が あらわれました。とうぞくたちが、あなの 中に にもつを かくしおえると、おやぶんが、

読んだ日　月　日

❶ アリババは、どこに かくれて いましたか。

・（　　）の そばの（　　）。

❷ とうぞくの おやぶんが、「ひらけ ごま!」と さけぶと、どう なりましたか。

・いわ山が われて、（　　）が あらわれた。

大きな　こえで　さけびます。

「とじよ　ごま！」

いわ山は、もとどおりに　なりました。

とうぞくたちが　いなくなると、アリババは、いわ山の　まえに　立ち、さけびました。

「ひらけ　ごま！」

いわ山が　われ、入り口が　あらわれました。中に入って　みると、そこはたからの　山。ここは、とうぞくたちの　たからの　かくしばしょだったのです。アリババは、もてるだけの　たからを　ふくろに　つめて　もちかえり、大金もちに　なりました。

❸ いわ山が　もとどおりに　なったのは、だれが、なんと　さけんだ　ときですか。

・とうぞくの
（　　　）が、
「（　　　）」
と　さけんだ　とき。

❹ アリババが　もちかえった　ものは、なんですか。三字で　かきましょう。

・ふくろに　つめた

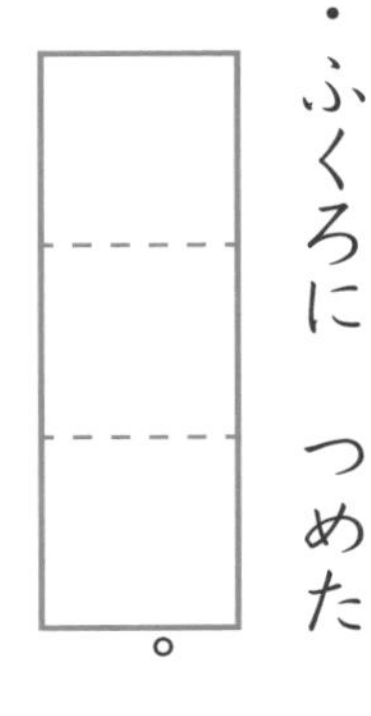

。

3

よくばりな 犬

イソップ

犬が、大きな にくを 口に くわえて、大よろこびで あるいて きました。

「いえで ゆっくり たべると しよう。」

川の 上に かかって いる 小さな はしまで きた とき、犬は、川の 中を のぞきこみました。水は すんで いて、およいで いる さかなまで よく 見えます。

その とき、犬は、川の 中から こちらを じっと 見て いる 犬に 気が つきました。

その 犬も、大きな にくを くわえて いるでは ありませんか。しかも、むこうの にく

読んだ日　月　日

❶ 川の 中を のぞきこんだ 犬は、どんな ことに 気が つきましたか。（　）に あう ことばを かきましょう。

・大きな（　　）を くわえた（　　）が、川の 中から こちらを じっと 見て いる こと。

❷ 口に くわえて いた にくが 川の 中に おちたのは、犬が どう した ときですか。

の　ほうが、すこしだけ　大きそうです。

「なまいきな　やつだ。あの　にくも　とって
やろう。」

犬は、力いっぱい、ワンワンと　ほえました。

すると、その　ひょうしに、口に　くわえて　いた　にくが、ドブンと　川の　中に　おちて　しまいました。

「しまった！」

犬は、くやしそうに　さけびました。

気が　つくと、むこうの　犬も　なにも　くわえないで、くやしそうな　かおを　して　います。

川の　中の　犬は、はしの　上の　じぶんが
水に　うつった　すがただったのです。

「よくばった　せいで、ばかな　ことを　した。」

犬は、とぼとぼと　かえって　いきました。

・川の　中の　犬に　むかって、
（　　　　　　　　）

とき。

❸ 川の　中の　犬は、なんだったのですか。
・水に　うつった
（　　　　　　　　）の　すがた。

❹ 犬は、にくを　おとしたのは、なんの　せいだと　おもいましたか。
・（　　　　　　　　）
せい。

4 どきどき

「みずき、げん気が　ないな。きょうは、ピアノの　はっぴょうかいの　日だろ。」

あさごはんに　なかなか　手を　つけない　みずきを　見て、おとうさんが　いいました。

「うまく　ひけなかったら、どう　しよう。」

みずきは、小さな　こえで　こたえました。

きんちょうした　かおを　して　いる　みずきに、おかあさんが　ことばを　かけました。

「まい日　れんしゅうを　がんばって　きたんだから、だいじょうぶよ。」

かいじょうに　つくと、みずきは　ドレスに　きがえ、じぶんの　ばんを　まちました。しんぞうが　とび出しそうなほど、どきどきして　います。

いよいよ　みずきの　名まえが　よばれました。

読んだ日　　月　　日

❶ みずきが、「きんちょうした　かお」を　して　いるのは、なぜですか。□に　あう　ことばに、○を　つけましょう。

・うまく　ひけなかったら　どう　しようかと、□いるから。

ア　あんしんして

イ　まよって

ウ　しんぱいして

❷ じぶんの　ばんを　まって　いる　とき、みずきは　どんな　きもちでしたか。（　）に　あう　ことばを　かきましょう。

みずきは、ぶたいに　上がって、おじぎを　しました。その　とき、きゃくせきで　にっこり　ほほえむ　おかあさんの　かおが　見えました。

むちゅうで　ピアノを　ひき、気が　つくと、みずきは　大きな　はく手を　あびて　いました。むねの　どきどきは、すっかり　おさまって　います。

「みずきちゃん、上手だったね。」

ともだちが、花たばを　くれました。

「ありがとう。どきどきしたけれど、みんなに　きいて　もらえて、うれしかった。」

みずきは、これからも　ピアノの　れんしゅうを　がんばろうと　おもいました。

・（　　　）が　とび出しそうなほど、（　　　）して　いた。

❸ はく手を　あびて　いる　とき、みずきの　どきどきは　どう　なって　いましたか。

・すっかり（　　　）いた。

❹ みずきは、これからも　ピアノの　れんしゅうを　どう　しようと　おもいましたか。

・（　　　）と　おもった。

5 なんで　わたしだけ

「キャー。」

さちは、ひめいを　あげました。さちの　たいせつに　して　いた　ちよがみが、びりびりにやぶられて　いたからです。

「けいた、おねえちゃんの　ちよがみ、やぶったでしょ。」

けいたは、へいきな　かおを　して　います。はらが　たった　さちは、おもわず　けいたをかるく　たたいて　しまいました。いたく　ないはずなのに、けいたは、大きな　こえで、なき出しました。

すると　おかあさんが　やって　きて、

「さちが、たたいたのね。手を　出したら　いけないって、いつも　いってるのに。」

読んだ日　月　日

❶ さちは、ちよがみを　やぶったのは　だれだと　おもって　いますか。

（　　　　）

❷ さちが、おもわず　けいたを　かるく　たたいて　しまったのは、なぜですか。（　）に　あう　ことばを　かきましょう。

・（　　　　）が、（　　　　）な　かおを　して　いるから。

と　いって、さちを　きびしく　しかりました。

「なんで　わたしだけ。けいたも　わるいのに。」

さちは、おもしろく　ありません。一人(ひとり)で　へやに　とじこもると、なみだが　出(で)て　きました。しだいに、そとが　くらく　なって　きました。

「ごはんよ。」

おかあさんの　こえが　しました。さちは、おなかが　すいたので、へやから　出(で)る　ことに　しました。けいたは、けろりと　して　います。

「おねえちゃんは、いろいろと　たいへんだね。」

おかあさんが、おだやかに　いいました。

おかあさんの　ことばに、さちの　もやもやは、すうっと　きえて　いきました。

❸ さちが　おもしろく　ないのは、なぜですか。あう　ほうに、○を　つけましょう。

ア　けいたが、いたく　ない　はずなのに、大(おお)きな　こえで　なき出(だ)したから。

イ　けいたも　わるいのに、おかあさんが　さちだけを　しかったから。

❹ 〰〰せんの　ときの　さちの　きもちに　あう　ほうに、○を　つけましょう。

ア　おかあさんは、わかって　くれて　いるんだ。

イ　おかあさんは、けいたの　みかたなんだ。

6 おめでとう

「いまから、えの　コンクールの　ひょうしょうしきを　します。名まえを　よばれた　人は、まえに　出て　きて　ください。」

あさの　しゅうかいで、校ちょう先生が　いいました。

（だれが　よばれるのかな。）

たつしは、えを　かくのが　すきで、じしんがあったのです。でも、よばれたのは、なかよしのりゅうたでした。

（うらやましい。）

たつしは、ふきげんな　かおで、きょうしつにもどりました。

「しょうじょう、見せて。」

「すごいね。」

読んだ日　　月　　日

❶ （うらやましい。）は、たつしの　だれへの　きもちですか。□に　あう　四字の　ことばを　かき出しましょう。

・□□□□へ　の　きもち。

❷ きょうしつに　もどった　ときの　たつしは、どんな　ようすでしたか。（　）に　あう　ことばを　かきましょう。

・（　　　　）な　かお　を　して　いた。

きょうしつでは、りゅうたが、みんなに　とりかこまれて　います。
その　ようすを　見て　いる　うちに、たつしは、すなおに　おめでとうと　いえない　じぶんが、はずかしく　なりました。
りゅうたも、たつしに　まけないくらい　えをかくのが　すきで、がんばったのだと　おもいました。
「りゅうたくん、おめでとう。」
たつしは　えがおで、りゅうたに　ことばを　かけました。
「ありがとう。」
りゅうたの　かおにも、ぱっと　えがおが　ひろがりました。
たつしの　こころは、はればれと　して　いました。

❸ きょうしつでの　りゅうたを　見て　いる　うちに、たつしは、どんな　きもちになりましたか。

・すなおに（　　　　）と　いえない　じぶんが、（　　　　）なった。

❹ りゅうたに　ことばを　かけた　あとの　たつしは、どんな　きもちでしたか。

・こころが（　　　　）と　して　いた。

7 かなづち

「おい、むすこ。」
と、とてもけちなお父さん
がむすこをよびとめました。
「なあに。」
「ちょっととなりへ行って、
『すみませんが、かなづ
ちをかしてください』と
たのんでおいで。」
むすこは、すぐに家から
とび出し、となりの家に行きました。
「こんにちは。すみませんが、かなづちをかして
ください。」
となりのおじさんが、

読んだ日　月　日

❶ むすこは、となりの家に何をしに行ったのですか。（　）に合う言葉を書きましょう。

・（　　　　）をかし
てもらいに行った。

❷ となりのおじさんが、かなづちをかしてくれなかったのはなぜですか。一つに○をつけましょう。

ア　かなづちがないから。
イ　かなづちがへるから。
ウ　かなづちをつかっていたから。

「かなづちで、何をするんだい。」

「くぎをうちたいんです。」

となりのおじさんも、とてもけちです。

「かせないよ。くぎなんかうたれて、かなづちがへったらどうするんだ。」

と、かしてくれません。

むすこが家にもどってきて、

「だめだって。」

と言うと、お父さんは、

「なんて、けちなんだ。しかたがない、うちのをつかおう。」

❸ お父さんがけちなことは、どんなことからわかりますか。（　）に合う言葉を書きましょう。

・自分も（　　　　）をもっているのに、つかうとへると思って、（　　　　）からかりようとしたことから。

❹ お父さんととなりのおじさんの二人のにているところは、どんなところですか。

（　　　　）

8 気の長い人

よの中には、とても気の長い人がいるものです。

そんな気の長い人が、つりをはじめました。

そのつりを後ろに立って、見ている人がいます。

「なかなか、かかりませんねえ。」

「ずっと、こうしているんだがね。あなたも、もう三、四時間、わたしのつりを見ているね。」

「いやね、立ち止まって、見ているうちに時間がたって……。」

「気の長い人だねえ。」

読んだ日　月　日

❶ 二人は、どんな人ですか。（　）に合う言葉を書きましょう。

・とても（　　　　）人。

❷ 二人は、何をしていますか。（　）に合う言葉を書きましょう。

・何時間も同じところで（　　　　）をしている。

・後ろに立って（　　　　）。

「そういうあなただって、何時間も同じところでつりをしている。気が長くなければ、できないね。でも、さっきから言おう言おうと思っていることがあるんだけど……。」

「なんだい。もう少しつれるところを教えてくれるのかい。」

「いや、そうじゃないんですが……。」

「なんだよ。はっきり言いなよ。」

「それじゃあ、言います。あなたのつっているところですが……。」

「ここがどうした。」

「そこ、きのうふった大雨でできた水たまりなんですよ。」

❸ つりを見ていた人が、さっきから言おう言おうと思っていたことはなんですか。一つに○をつけましょう。

ア　魚がたくさんつれるところがあること。
イ　つりを見ているのにはわけがあること。
ウ　つりをしているところは、水たまりだということ。

❹ つりを見ている人は、魚がつれると思っていますか。

（　　　　）

9 まんじゅうこわい

わかい男が、友だちの家へあそびに行きました。とちゅうで、おみやげにまんじゅうをたくさん買いました。

友だちとまんじゅうを食べているところに、もう一人の友だちがやって来ましたが、とたんに、青い顔をして、ぶるぶるとふるえ出しました。

「どうした。ぐあいがわるいのかい。」

「そ、そのまんじゅうだよ。おれは、まんじゅうを見ると、こわくてふるえてしまうんだよ。」

「へえ、へんなくせがあるんだな。」

そこで、わかい男がいたずらを思いつきました。

あとから来た友だちをとなりのへやにつれていき、のこりのまんじゅうをそのへやになげ入れる

読んだ日　月　日

❶「へんなくせ」とはどんなくせですか。（　）に合う言葉を書きましょう。

・（　　　　　）を見ると、こわくてふるえてしまうくせ。

❷ なぜ、まんじゅうが「こわい」と言ったのですか。一つに○をつけましょう。

ア 大きらいなものだから。

イ 形がとてもおそろしかったから。

ウ 「こわい」はうそで、本当は食べたかったから。

と、外からかぎをかけてしまったのです。

わかい男と友だちは、あとから来た友だちのあわてようをわらっていましたが、へやの中がやけにしずかです。

「まんじゅうがこわすぎて、引っくりかえってしまったのかな。」

心配になって、かぎをあけてへやの中をのぞくと、まんじゅうはきえてなくなっていて、友だちは元気な顔ですわっています。

「まんじゅうは、どうしたんだ。」

「あんまりこわいんで、みんな食べちゃった。今度は、お茶が□。」

❸ へやになげ入れられたまんじゅうは、どうなりましたか。一つに○をつけましょう。

ア　そのままのこっていた。

イ　あとから来た友だちがどこかにかくしてしまった。

ウ　あとから来た友だちが食べてしまった。

❹ 上の文章の□に入る三字の言葉を書き出しましょう。

10 のっぺらぼう

夜おそく、男が橋を通りかかると、一人の女が立っていた。近づいて見ると、手で顔をおおってないているようだ。

男は、心配になって、後ろから女に声をかけた。

「どうしたんです。だいじょうぶですか。ないているだけではわからないよ。」

と、顔をのぞきこもうとしたときだった。

女がゆっくりと顔を上げ、顔から手をはなした。

「ウギャー」

読んだ日　月　日

❶ 男が声をかけた女は、どんなようすですか。（　）に合う言葉を書きましょう。

・手で（　　　　）をおおって、ないているようだ。

❷ 男が悲鳴を上げたのは、なぜですか。（　）に合う言葉を書きましょう。

・女が、目もはなも口もない、（　　　　）だったから。

男は、思わず悲鳴を上げた。女は、目もはなも口もない、のっぺらぼうだったのだ。

男は、足をもつれさせながらも、にげ出した。しばらく走ると、赤いランプが見えた。交番だった。

男が走りこんだ交番には、こちらにせをむけて、おまわりさんがいた。

「おまわりさん、今、そこにのっぺらぼうが……。」

そう言いかけたとき、おまわりさんがふりむいた。

「こんな顔ですか。」

その顔は、さっきの女と同じ［　　］だった。

❸ にげ出した男が走りこんだのは、どこですか。

（　　　　）

❹ 上の文章の［　］に入る六字の言葉を書き出しましょう。

［　］［　］［　］［　］［　］［　］

11

おにのすむ家

男が二人、くらい夜道をいそいでいた。

山道にさしかかったころ、きゅうにはげしい雨がふり出した。かみなりがとどろき、いな光があたりを青白くてらす。

「どこかで、雨やどりをしよう。」

あたりを見回すと、いな光に一けんの古い家がうかび上がった。

家には人の気配がなく、かぎもかかっていなかったので、男たちは、そこで雨やどりをすることにした。

家に入って、ほっとしたのもつかの間。すさまじい音がして、近くにかみなりがおちた。

男の一人が、まどの外に、いっしゅん気をとられ

読んだ日　月　日

❶ 男たちは、どこで雨やどりをすることにしましたか。（　）に合う言葉を書きましょう。

・一けんの（　　　）。

❷ ❶の家は、どんなようすでしたか。（　）に合う言葉を書きましょう。

・人の気配がなく、（　　　）もかかっていなかった。

たそのとき、「ギャー」という、おそろしい悲鳴が上がった。ふりむくと、もう一人の男が、へやのおくのくらやみからつき出された大きな赤い手に、わしづかみにされていた。男をつかんだ大きな手は、男の悲鳴をのこし、やみの中に、ふっときえてしまった。

男は、きえた男の名前をよび、家の中をさがし回った。だが、とうとう、男は見つからなかった。

ここが、おにのすむ家だということを、男たちは知らなかったのだ。

❸ もう一人の男が、「ギャー」という悲鳴を上げたのは、なぜですか。一つに○をつけましょう。

ア　近くにかみなりがおちたから。

イ　大きな赤い手に、わしづかみにされたから。

ウ　大きな赤い手に、たたかれたから。

❹ 男たちが雨やどりした家には、だれがすんでいましたか。

（　　　　）

12

しゃべるはれもの

あるとき、男のひざにはれものができた。いたみもないので、そのままにしていたが、そのうち、はれものに人の口ににたさけ目ができ、上のほうに、二つの小さなあながあいた。ちょうど、わらっている人間の顔のように見える。

「気もちがわるいな。いっそ、切ってしまおうか。」

と、男がつぶやくと、

「ひどいな。おれとおまえは、なかよくやってきたじゃないか。」

男は、びっくりして、ふるえ上がった。

ひざにできたはれものは、体がつながっている

読んだ日　月　日

❶ ひざのはれものは、なんのように見えますか。（　）に合う言葉を書きましょう。

・（　　　　）のように見える。

❷ 男が、おそろしくて夜もねむれないのは、なぜですか。

・はれものが、かってに

（　　　　）たり、

（　　　　）たり

するようになったから。

せいか、男の考えはすべてわかるようで、かってにしゃべったり、わらったりするようになった。

男は、おそろしくて、夜もろくにねむれない。ある夜、はれものを見ると、目の部分がとじている。声をかけてもへんじをしない。はれものはねているのだ。

男はおき上がると、うでがよいとひょうばんのいしゃのところへ、そっと出かけていった。

いしゃは、男のはれものを見ると、くすりをさし出した。

そのとき、はれものがかっと目をあけ、

「やめろ。」

とさけんだ。

男が、くすりをはれものの口につっこむと、はれものはシュッと音を立てて、きえてしまった。

❸ 男が、いしゃのところへそっと出かけたのは、なぜですか。一つに○をつけましょう。

ア　はれものがわらったから。

イ　はれものに気づかれたくなかったから。

ウ　はれものがいたくなったから。

❹ 男がくすりをはれものの口につっこむと、はれものはどうなりましたか。（　）に合う言葉を書きましょう。

・（　　　）と音を立てて、（　　　）しまった。

13 ころばぬ　先の　つえ

日よう日。あさごはんを　たべて　いると、

「きょうは　いい　天気だから、みんなで　ゆうえんちに　いこう。」

と、おとうさんが　いいました。

「わあ、やったあ。」

ななかと　いもうとの　きくほは、すぐに　じゅんびを　はじめました。きくほは、リュックサックに、お気に入りの　レインコートを　まっ先に　つめて　います。ななかが　きくほに、

「もう、きくちゃんたら。きょうは　いい　天気なんだから、レインコートは　いらないよ。」

と　いって　いると、おかあさんが　いいました。

読んだ日　　月　　日

❶ 「ころばぬ　先の　つえ」とは、どんな　いみですか。（　）に　あう　ことばを　かきましょう。

・「（　　　　）しないように、（　　　　）から　よく　ちゅういする　ことが　ひつようだ」と　いう　いみ。

❷ きくほと　ななかに　とって、「ころばぬ　先の　つえ」に　あたる　ものは、なにを

「もって　いっても　いいと　おもうわ。『ころばぬ　先の　つえ』って　いうし。」

「ころばぬ　先の　つえ」とは、しっぱいしないように、まえから　よく　ちゅういする　ことが　ひつようだと　いう　いみです。つまずいて　ころぶ　まえに、つえを　つきなさいと　いう　おしえから　できた　ことわざです。

　にた　いみの　ことわざに、「ねんには　ねんを　入れる」が　あります。

「じゃあ、わたしは『ころばぬ　先の　つえ』で、おかしを　たくさん　もって　いくよ。おなかが　すいたら　こまるからね。」

と　なかが　いうと、

「わたしにも　ちょうだいね！」

と、きくほが　にこにこしながら　いいました。

もって　いく　ことでしたか。それぞれ　こたえましょう。

㋐きくほ　（　　　　）

㋑なか　（　　　　）

❸「ころばぬ　先の　つえ」と　にた　いみの　ことわざは、なんですか。

［　　　　］

14 なさけは 人の ためならず

読んだ日　月　日

ある 雨の 日の あさ、さつきは すこしだけ ぬれて、学校に つきました。学校の ちかくで、きんじょの おばあさんに かさを かしたのです。ぬれながら あるいて いた おばあさんは、とても よろこんで いました。さつきは、先生に その はなしを しました。

「よい ことを したわね。『なさけは 人の ためならず』って いうからね。さつきさんにも きっと、よい ことが かえって くるわ。」

「なさけは 人の ためならず」とは、人に しんせつに して おけば、いつか じぶんも

❶ さつきは、だれに どんな しんせつを しましたか。
（　）に あう ことばを かきましょう。
・きんじょの
（　　　　）に
（　　　　）を かす
と いう しんせつ。

❷ さつきは、だれから しんせつに されましたか。
（　　　　）

人から　しんせつに　される　ことが　あると
いう　いみの　ことわざです。

べつの　日。こんどは、かさを　わすれた　さつきが、ぬれながら　あるいて　いました。雨は　どんどん　つよく　なって　きます。こまって　いると、ちかくの　バスていで　だれかに　よばれました。

「この　かさ　つかって！　わたしは、これから　バスに　のって　かえる　ところだから。」

そう　いって　かさを　かして　くれたのは、おなじ　クラスの　えりでした。

「先生の　いった　とおりだ！」

さつきは、こころが　あたたかく　なりました。

❸「なさけは　人の　ためならず」とは、どんな　いみですか。一つに　○を　つけましょう。

ア　だれかに　しんせつに　しすぎると、その　人の　ために　ならない。

イ　人に　しんせつに　しないと、じぶんも　しんせつに　して　もらえない。

ウ　人に　しんせつに　して　おけば、じぶんも　しんせつに　される　ことが　ある。

15

ねこの手もかりたい

さくらの家は、パンやさんです。お父さんがパンを作り、お母さんがお店で売っています。お父さんはあちこちの店でしゅぎょうをしたあと、自分でもさらにくふうをして、いろいろなしゅるいのパンを作っています。

お昼どきになると、近くの会社につとめる人たちや近じょの人たちが、サンドイッチやそうざいパンを買いに、つぎつぎと来ます。ときには、長い行れつができるほどの人気ぶりです。そんなときは、お父さんもレジに出て手つだっています。

「今日もいそがしかったなあ。」

夕食のあと、お父さんがしみじみと言いました。

「たくさん売れてよかったじゃない。」

読んだ日　月　日

❶ お母さんは、どんなときに「ねこの手もかりたい」ほどだと言ったのですか。（　）に合うことばを書きましょう。

・（　　　）と、長い（　　　）ができるほど、おきゃくさんがつぎつぎと来たとき。

❷ さくらは、「ねこの手もかりたい」を、どのようにかんちがいしましたか。合うほうに○をつけましょう。

と、さくらが言うと、お母さんが、

「でも、ねこの手もかりたいいそがしさなのよ。」

と言いました。

「ええっ、レオの手まで。」

さくらのひざの上で、かいねこのレオがぐっすりねむっています。

「そうじゃなくて。ねこの手というのはたとえで、だれでもよいから手つだいがほしいほどいそがしいときにつかう、かんようくなのよ。」

と、お母さんがわらいをこらえながら教えてくれました。さくらは顔を赤くして、

「じゃあ、今度わたしも手つだうよ。」

と言いました。

＊そうざいパン……コロッケやカツなどの、おかずをはさんだパン。

ア　お母さんは、かいねこのレオに手つだいをしてほしいと思っている。

イ　お母さんは、さくらに手つだいをしてほしいと思っている。

3　「ねこの手もかりたい」とは、どんないみですか。（　）に合うことばを書きましょう。

・「だれでもよいから（　　　）がほしいほど（　　　）」
というみ。

16 火花をちらす

「今回はぜったいに、二組にはまけないぞ！」

今日は、クラスたいこうドッジボール大会の日です。前回のしあいでは、二組に大きくさをつけられてまけてしまったことをくやしく思っていた一組のつばさは、とてもはり切っています。

つばさは、いきおいよくボールをなげました。すぐに一人に当たりました。また、もう一人。

でも、二組もまけてはいません。一組も、何人も当てられてしまいました。二組にいるやまとは、つばさと同じくらい、ボールを当てるのがうまいのです。

「やまとくんにはまけないぞ。」

「ぼくだって、つばさくんよりも当ててみせる。」

読んだ日　月　日

❶ つばさがはり切っていたのは、どんなことですか。〔　〕に合うことばを書きましょう。

〔　　　　〕で、二組にかつこと。

❷ やまとは、どんな子ですか。二つに○をつけましょう。

ア　一組の子。
イ　二組の子。
ウ　ボールをよけるのがとくいな子。

二人は、にらみあいました。その後も、はげしいたたかいがつづきましたが、ついに一組がかちました。

「やったぞ！」

しあいがおわり、つばさがかたづけをしていると、一組のたんにんの中野先生が来て、言いました。

「今日は、火花をちらすたたかいだったなあ。」

火花をちらすとは、たがいにはげしくあらそうといういみのかんようくです。

すると、やまともそばに来て、

「つぎは、かならず二組がかつぞ！」

と言うので、つばさは言いかえしました。

「いや、つぎも一組がぜったいにかつぞ！」

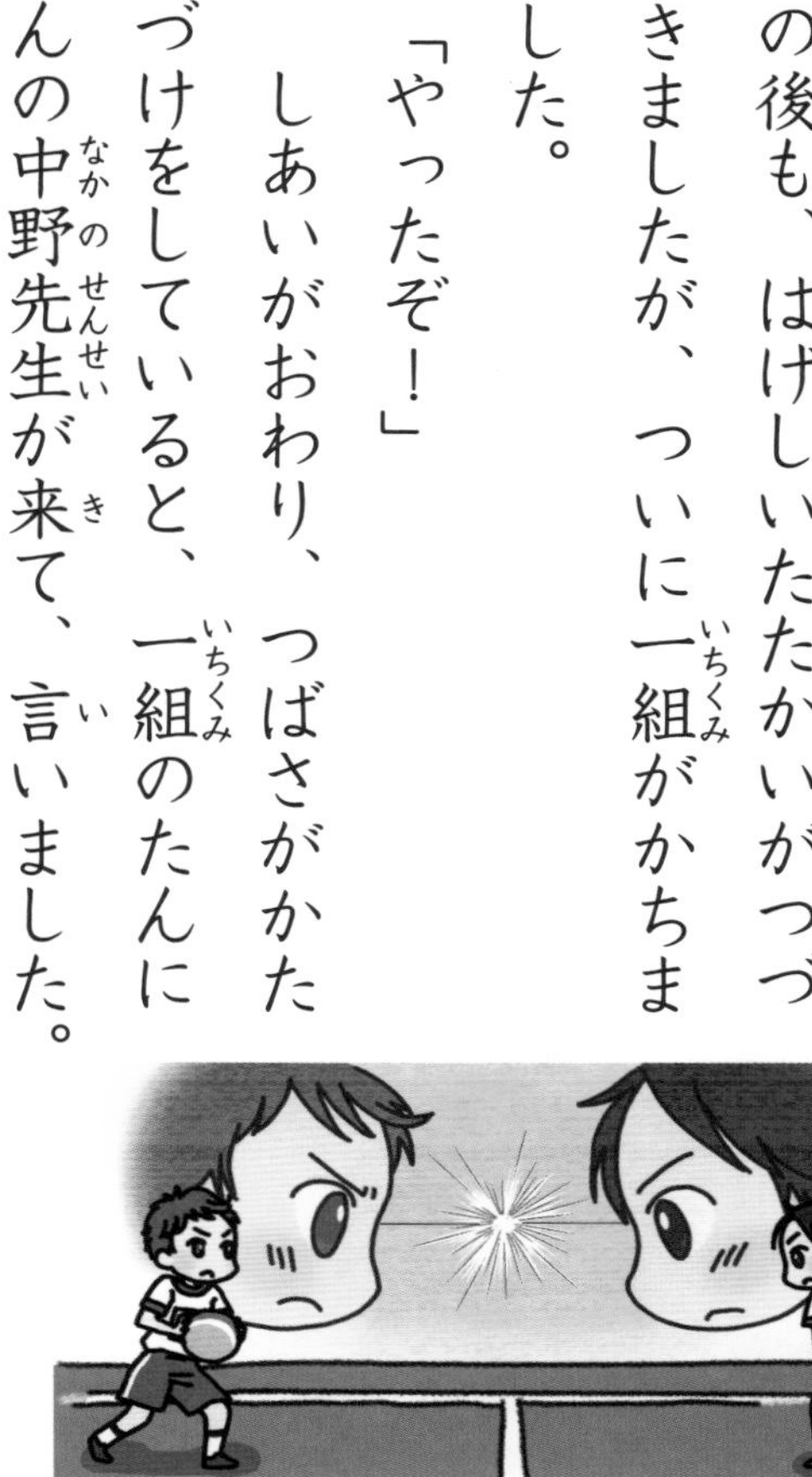

エ　ボールを当てるのがうまい子。

❸ しあいでかったのは、一組と二組のどちらですか。

（　　　　）

❹ 「火花をちらす」とは、どんないみですか。（　）に合うことばを書きましょう。

・「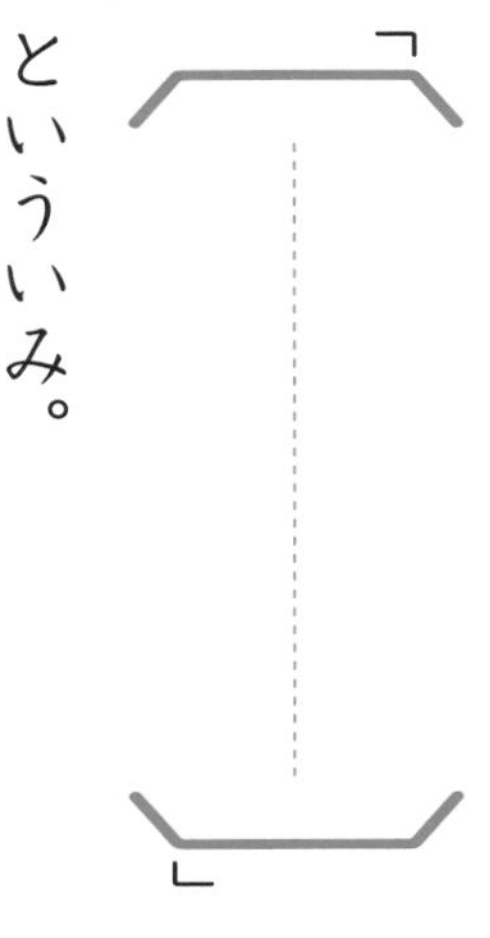」

といういみ。

17 「七夕」…たんざくにねがいを

7月7日

学校から帰ると、りこはお母さんと夕食の買いものに行きました。夕方のしょう店がいは、たくさんの人でにぎわっています。

「今日は『七夕』。＊たんざくをくばっていますので、ねがいごとを書いていきませんか。」

しょう店がいの人たちが、声をかけています。りことお母さんは、たんざくをうけとって、ねがいごとを書くことにしました。

読んだ日　月　日

❶ 中国からは、どんな言いつたえがつたわったのですか。合うほうに○をつけましょう。

ア　おりひめとひこ星が、七月七日だけは天の川で分けられて会えなくなる。

イ　おりひめとひこ星が、七月七日だけは天の川をわたって会うことができる。

❷ 「七夕」にはどんなことをしますか。（　）に合うことばを書きましょう。

・（　　　　）を

中国には、おりひめとひこ星が、一年に一度、この日だけ天の川をわたって会うことをゆるされたという*言いつたえがあります。これが日本につたわり、七月七日の夜に、ねがいごとを書いたたんざくをささ竹につるすという、日本の七夕という行事になりました。「会いたい」というねがいがかなって会えるおりひめとひこ星のように、自分のねがいがかなうことをいのるのです。

「何をおねがいしたの。」

と、お母さんに聞かれたりこは、だまってにっこりわらいながら、たんざくをつるしました。

*しょう店がい……しょうひんを売る店がたくさんならぶ通り。
*たんざく……うすくて細長い形の紙。
*言いつたえ……むかしから人から人へと語りつたえられてきた話。でんせつ。

書いた（　　　）を（　　　）につるす。

❸ おりひめとひこ星のねがいとは、どんなねがいですか。（　）に合うことばを書きましょう。

・「（　　　）」というねがい。

18

9月ごろ

秋のまん月をながめる「お月見」

「かえで、ちょっと来てごらん。」

にわにいたおじいちゃんがよぶので、かえでは外に出てみました。

「わあ、きれいなまん月。」

秋は空気がすんでいるので、とくに月がきれいに見えるのです。むかしのこよみの八月十五日、今の九月ごろのまん月の夜を、「十五夜」といい、そのまん月を「中秋の名月」とよびます。

「むかしから、この十五夜のまん月に、すすきのほや、米のこなで作った小さなだんごをたくさんそなえて、お月見を楽しんでいたんだよ。」

と、月をながめながらおじいちゃんが言いました。

お月見には、だんごのほか、里いもやかきなど、

読んだ日　月　日

❶ むかしのこよみの八月十五日は、今のいつごろですか。

（　　　）

❷ 十五夜のまん月に、何をそなえますか。（　）に合うことばを書きましょう。

（　　　）のほ。

（　　　）で作った小さなだんご。

秋にとれたものをそなえて、秋のみのりへのかんしゃをあらわすこともあります。

だんごは「月見だんご」とよばれ、十五夜にちなんで十五こそなえる場合や、一年の月数の十二こそなえる場合があります。里いもをそなえることから、十五夜のまん月を「いも名月」ということもあります。

少しすずしくなった風が、花びんに生けたすすきのほをゆらしました。

＊こよみ……一年中の月日・曜日・しゅく日・行事などをきめたもの。また、それを書き記したもの。カレンダー。

・秋にとれた里いもや（　　）など。

❸ 「十五夜」のまん月のことを何といいますか。二つ書きましょう。

（　　）（　　）

❹ 月見だんごは、何こそなえますか。二つ書きましょう。

（　　）こ・（　　）こ

19

2月3日ごろ

「せつ分」…おには外、ふくは内！

「お父さん、今日は早く帰ってきてよね。」

と、あゆむは言いました。今日は、せつ分なので、あゆむ、弟のかいと、お母さんがまめをまき、お父さんはおにのやくをすることになっています。

「せつ分」は、*立春の前日で、毎年二月三日ごろです。むかしは、立春を新しい年のはじまりとしていました。そして、その前日のせつ分の夜に、びょう気などのわざわいをもってくるおにをおいはらい、しあわせな年をむかえたいとねがって、まめをまくようになったのです。

「おには外、ふくは内。」

と、あゆむもかいとも、元気にまめまきをしました。

読んだ日　月　日

❶「せつ分」とは、毎年いつごろのことですか。

（　　　　　）

❷せつ分にまめをまくとき、どんなことをねがいますか。（　）に合うことばを書きましょう。

・わざわいをもってくる（　　　　）をおいはらい、（　　　　）な年をむかえること。

まめまきにつかわれる大豆は、「ふくまめ」とよばれ、自分の年の数だけ食べると、一年間元気にすごせると考えられています。
あゆむたちの家では、夕食に「えほうまき」を食べました。これは、関西地方から広まったせつ分の行事です。「えほう」というその年にえんぎがよいとされている方角をむいて、切っていない太まきをだまって食べると、その一年を元気にすごせるといわれています。

＊立春……こよみのうえで春がはじまる日。二月四日ごろ。

❸ まめまきにつかわれる大豆を自分の年の数だけ食べると、どうだと考えられていますか。

［　　　　　　　　］

❹ 「えほうまき」は、どのようにして食べますか。（　）に合うことばを書きましょう。

・その年に（　　　　）がよいとされる方角をむき、（　　　　）をだまって食べる。

20

フィンランド

サンタクロースの 村

クリスマスが ちかく なると、サンタクロースからの プレゼントが まちどおしくて、そわそわした 気もちに なる 人も おおいのではないでしょうか。

　フィンランドは、ほっきょくに ちかく、とても さむい くにです。なつに なると、よるになっても たいようが かんぜんには しずまず、うすぐらい ままです。また、空には、カーテンのように ゆらめく、オーロラと いう ふしぎな ひかりが 見られます。

　フィンランドには、森が たくさん あって、そこには トナカイが すんで います。じつは、この くにには、サンタクロースの 村も ある

読んだ日　月　日

❶ フィンランドで、よるに なっても たいようが かんぜんには しずまないのは、どの きせつですか。

（　　　　）

❷ フィンランドの 空に 見られる、カーテンのように ゆらめく ふしぎな ひかりは なんですか。四字で かきましょう。

のです。この　村に　いけば、いつでも　サンタクロースに　あう　ことが　できます。毎年　せかい中から、サンタクロースに　あいたいと　いう　たくさんの　人が　やって　きます。そして、サンタクロース村の　ゆうびんきょくに　もうしこみを　して　おくと、クリスマスに　サンタクロースから　手紙が　とどきますよ。

❸ フィンランドに　たくさん　ある　森には、なにが　すんで　いますか。

（　　　　）

❹ クリスマスに、サンタクロースからの　手紙を　うけとる　ためには、サンタクロース村の　どこに、もうしこみを　しますか。

（　　　　）

21

イギリス　サッカーが　生まれた　くに

　せかいで　いちばん　人気が　あると　いわれている　スポーツは、なんだと　おもいますか。それは、サッカーです。サッカーは、せかい中の　ほとんどの　くにで　おこなわれて　います。いろいろな　どうぐを　よういしないと　いけない　スポーツも　ありますが、サッカーは、ボールが　一つ　あれば、どこでも　できます。ゴールが　なくても、すくない　人数でも、れんしゅうなら　できるのです。しあいを　する　ときの　人数は、一チーム　十一人です。
　そんな　サッカーは、イギリスで　生まれました。むかしから　いろいろな　スポーツが　さかんだった　イギリスでは、ほかにも、みなさんが

読んだ日　月　日

❶ せかいで　いちばん　人気が　あると　いわれて　いる　スポーツは、なんですか。

（　　　　）

❷ サッカーの　しあいは、一チーム　何人で　おこないますか。

・（　　　　）人

❸ サッカーは、どこの　くにで　生まれた　スポーツですか。

しって いる スポーツが 生まれました。たとえば、ゴルフも、テニスも、ラグビーも、イギリスで 生まれました。アメリカ生まれの やきゅうも、もとに なったのは、イギリスで おこなわれて いた あそびです。

❹ 文しょうに かかれて いる ことに 合わない 文は どれですか。一つに ○を つけましょう。

ア（　）サッカーは、ほとんどの くにで おこなわれて いる スポーツだ。

イ（　）サッカーは、ボールが 一つ あれば れんしゅうが できる。

ウ（　）ゴルフは、アメリカで 生まれた スポーツだ。

エ（　）ラグビーは、イギリスで 生まれた スポーツだ。

22

インド

カレーのふるさと

多くの日本人が大すきな、カレーライス。わたしたちが家で食べているカレーは、ふつう、カレーのルーをつかって作られていて、とろっとしています。ルーは、小麦粉をバターなどでいためたものです。

カレーが生まれたのは、インドです。インドの人は、毎日カレーを食べます。ただし、インドで食べられているカレーは、わたしたちが食べているカレーとは、だいぶちがいます。ルーはつかわないので、とろっとはしていません。

カレーには、多くのしゅるいのスパイスが入っています。スパイスとは、とうがらし、こしょう、にんにく、しょうがなど、りょう理にかおりやか

読んだ日　月　日

❶ わたしたちが食べるカレーがとろっとしているのは、何をつかって作られているからですか。（　）に合う言葉を書きましょう。

・カレーの（　　　　）。

❷ とうがらしや、こしょうや、にんにくなどのことを、まとめて何といっていますか。四字で書きましょう。

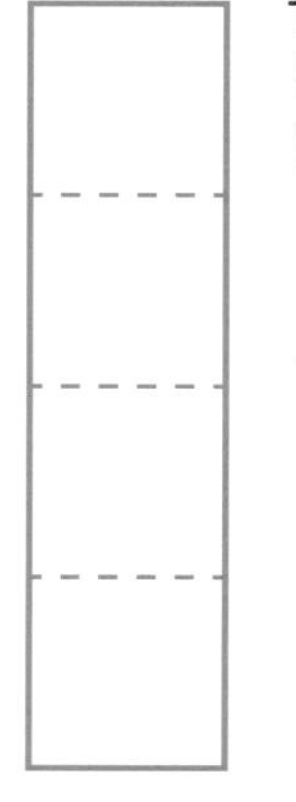

らみをつけるざいりょうのことです。インドのカレーは、こうしたいろいろなスパイスを合わせて作ったカレー粉で、さまざまなものにあじをつけて食べるりょう理です。ごはん、インドのパンであるナンやチャパティ、じゃがいも、とり肉、まめなど、それぞれの食べものに合ったカレー粉を、家庭で手作りします。

さすがは、カレーが生まれた国ですね。毎日の生活に、カレーはかかせないものなのです。

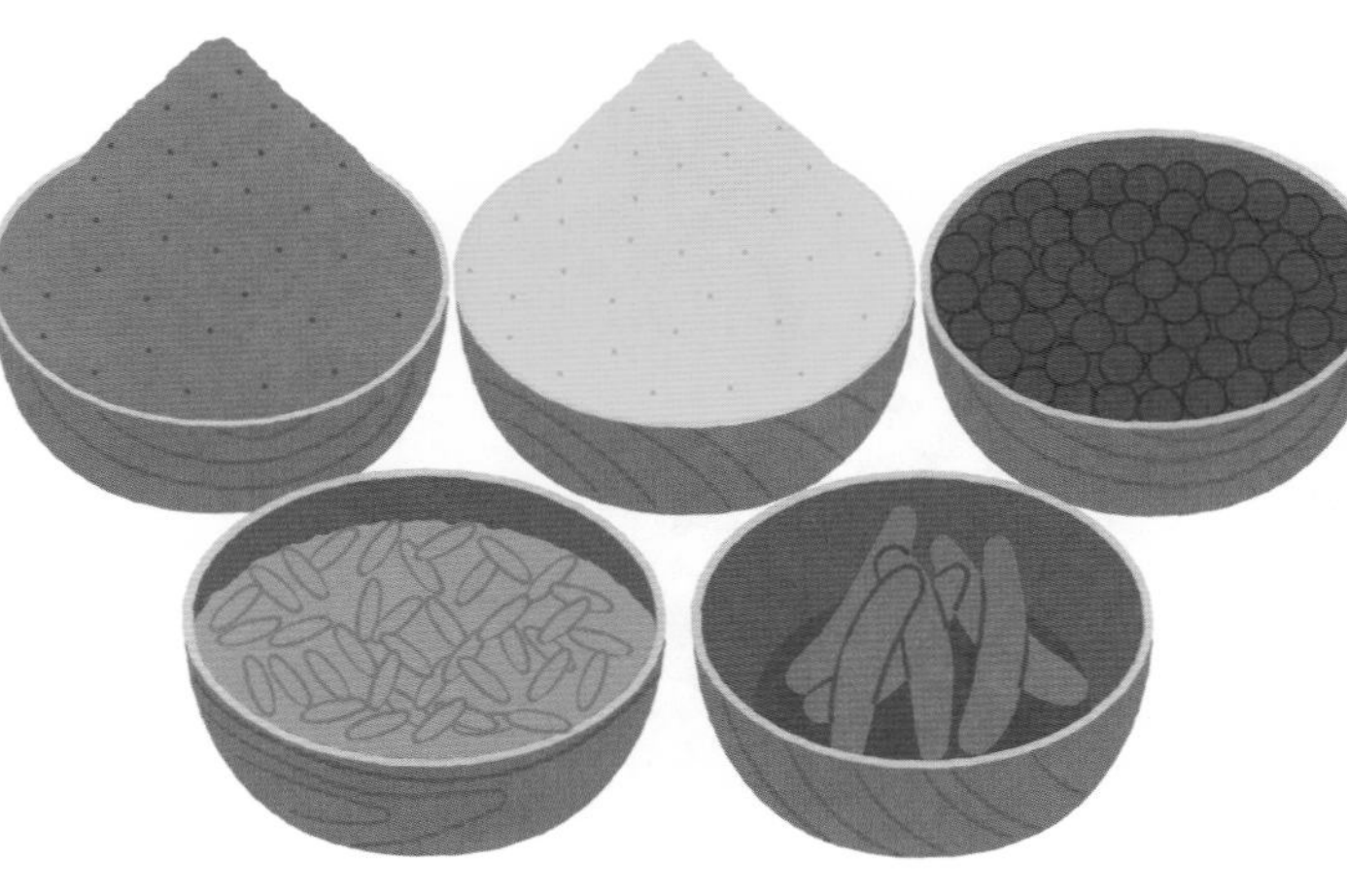

❸ スパイスはりょう理に、からみのほか、何をつけますか。

（　　）

❹ インドのパンは、ナンと何ですか。

（　　）

❺ インドのカレーについてせつ明した文として正しいほうに、○をつけましょう。

ア　カレーのルーをつかって作る。

イ　生活になくてはならないものである。

オーストラリア

めずらしいどうぶつたち

オーストラリアには、どんなどうぶつがいるでしょうか。カンガルーやコアラなどが、まずは思いうかぶことでしょう。どうぶつにくわしい人なら、ほかにも、ウォンバットやカモノハシなどのどうぶつについても、知っているかもしれませんね。ウォンバットはすがたがコアラににているどうぶつです。カモノハシは、くちばしがかもという鳥ににていることから名前がついたどうぶつです。

読んだ日　月　日

❶ オーストラリアにいる、すがたがコアラににているどうぶつは何ですか。

（　　　　）

❷ カモノハシは、体のどの部分がかもという鳥ににているのですか。

（　　　　）

❸ オーストラリアで、いちばん多くかわれているどうぶつは何ですか。

めずらしい野生どうぶつがたくさんいるオーストラリアですが、人にかわれているどうぶつの中では、何がいちばん多いと思いますか。それは、ひつじです。オーストラリアには、オーストラリアにすんでいる人の数の三倍いじょうのひつじがいるのです。ひつじの毛は、毛糸や、毛糸で作ったおりものやあみものなどになります。つまり、みなさんが冬にきるセーターなどを作るざいりょうになるのです。オーストラリアでとれるひつじの毛のりょうは、せかいで二番目に多いです。

❹ オーストラリアには、どちらのほうが多くいますか。合うほうに○をつけましょう。

（　　）

ア　すんでいる人間。

イ　かわれているひつじ。

❺ ひつじの毛で作ったあみもののれいとして、何をあげていますか。四字で書きましょう。

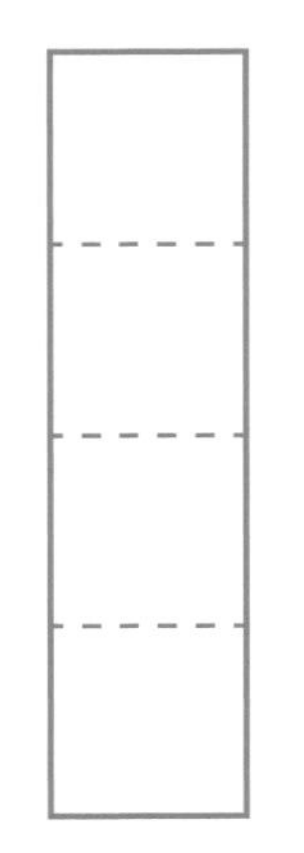

24

徳島県

あわおどりって、なに？

「手を上げて、足をはこべば、あわおどり」といわれるように、あわおどりは、大人も子どもも楽しめるおどりです。

あわおどりは、両手を上げたしせいで、右手と右足、左手と左足をそれぞれ同時に、こうごに前につき出しながらおどります。

三味線、たいこ、ふえなどの音楽が、二びょうしでかなでられます。

四百年いじょうのれきしをもつ徳島県のあわおどりは、毎年八月にひらかれます。日本全国から、のべ百万人いじょうものかんこうきゃくがあつまります。

読んだ日　月　日

❶ あわおどりをおどるとき、右手と同時に前につき出すのはどれですか。一つに○をつけましょう。

ア 左手
イ 右足
ウ 左足

❷ あわおどりでかなでる二びょうしの音楽には、三味線、ふえのほか、何をつかいますか。

（　　　　）

25

香川県
おいしい、さぬきうどん

太めでこしがある、さぬきうどん。みなさんは、すきですか。さぬきうどんは、香川県の名物です。香川ではむかし、うどんのざいりょうになる、小麦のさいばいがさかんでした。また、海にめんしているので、しおや、だしをとるためのいりこの原りょうとなる魚もとれます。

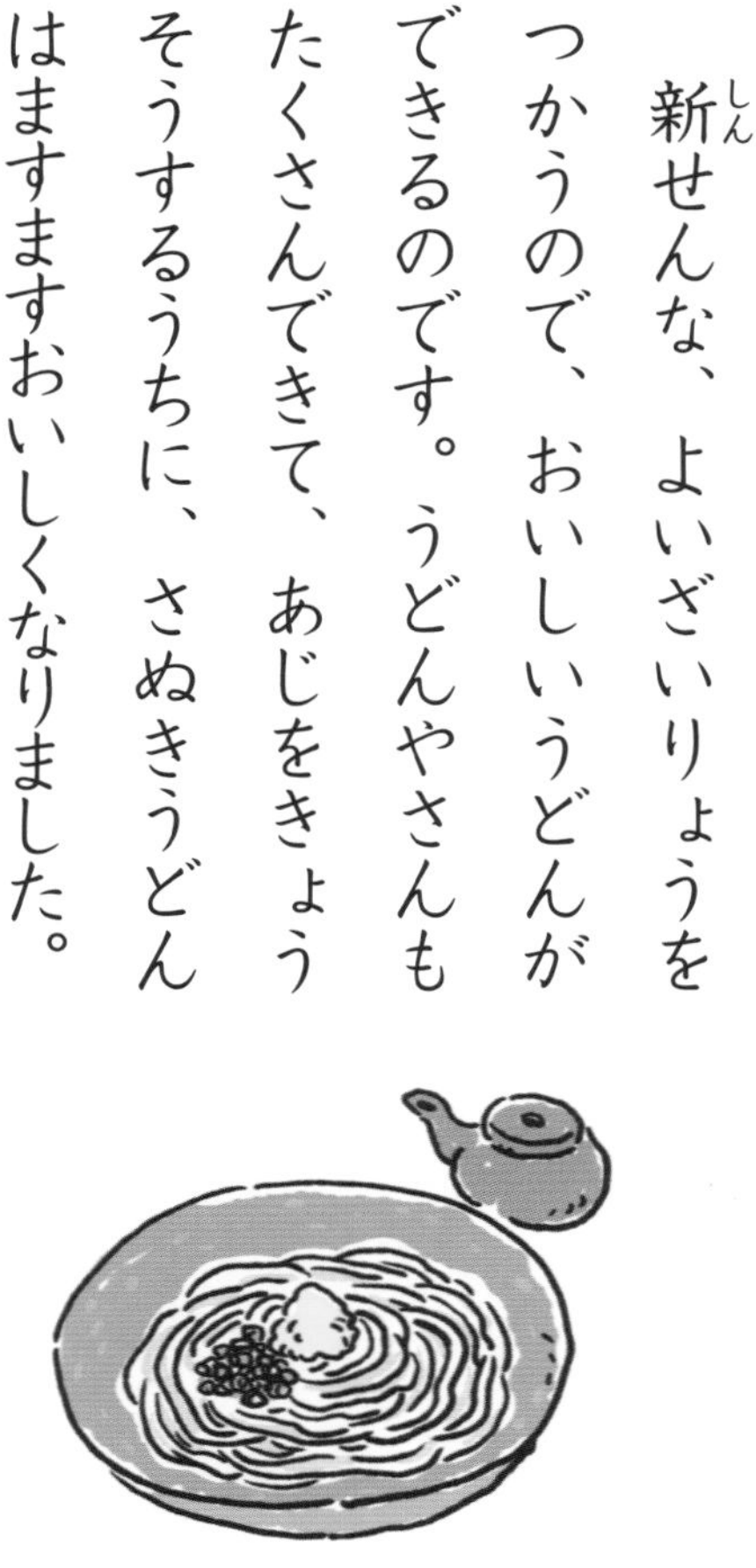

新せんな、よいざいりょうをつかうので、おいしいうどんができるのです。うどんやさんもたくさんできて、あじをきょうそうするうちに、さぬきうどんはますますおいしくなりました。

読んだ日　　月　　日

❶ 香川県の名物のさぬきうどんには、どんなとくちょうがありますか。（　）に合う言葉を書きましょう。

・太めで、（　　　　）がある。

❷ 香川県の海では、うどんのだしをとるための、何の原りょうとなる魚がとれますか。三字で書きましょう。

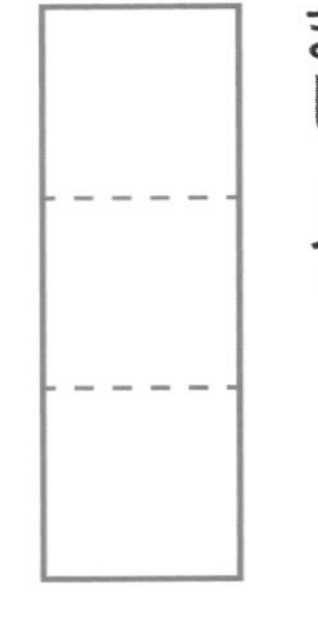

26

北海道 野生のどうぶつに出会える

日本のもっとも北にある北海道。日本地図を見てみると、都道府県の中でいちばん大きいことがわかります。

北海道の富良野地方には、ラベンダーばたけが広がっています。ラベンダーは、青むらさき色の小さな花がたくさんさきます。そして、花やはっぱからは、とてもよいかおりがします。ラベンダーばたけは七月が見ごろで、はるか地平線のかなたまで、うつくしい青むらさき色にそまります。

しぜんにめぐまれた北海道の知床半島には、野

読んだ日　　月　　日

❶ 北海道は、日本のどこにありますか。

（　　　　）

❷ 富良野地方のラベンダーばたけは、いつが見ごろですか。

（　　　　）

❸ 知床半島にいる野生どうぶつのなかで、ふわふわの毛をもっているものは何ですか。

（　　　　）

生のどうぶつが多くくらしています。ふわふわの毛をもつきたきつね。おすは角が大きくてりっぱなえぞしか。小さなえぞりすは、木のあなにすんでいます。

それから、知床半島にはひぐまもくらしています。もしひぐまに出会ってしまったら、走ってにげたり、大きな声でさけんだりしてはいけません。ひぐまはびっくりすると、人間をおそうからです。体をひぐまの方にむけたまま、じりじりと後ろに下がり、遠ざかるようにします。

知床の海には、くじら、いるか、あざらしなどのどうぶつも多くくらしています。

❹ ひぐまと出会ってしまったら、どうすればよいですか。正しいほうに○をつけましょう。

ア　大きな声でさけんでひぐまをびっくりさせてから、走ってにげる。

イ　体をひぐまの方にむけたまま、じりじりと後ろに下がって遠ざかる。

❺ 知床の海にくらすどうぶつとして、いるかとあざらしのほか、何をあげていますか。

（　　　　）

うつくしい海と、シーサー

沖縄県は、多くのしまじまからなり立っています。日本のもっとも南にあるので、一年中あたたかい気こうです。

うつくしいことで知られる沖縄の海は、マンタという魚や、せかいでもっとも大きな魚といわれる、じんべえざめがくらしていることでも有名です。

*シュノーケリングをしたり、海の中が見えるように作られたグラスボートにのったりすると、うんがよければ、マンタやじんべえざめに会う

読んだ日　月　日

❶ 沖縄県が一年中あたたかい気こうなのは、なぜですか。どちらかに○をつけましょう。

ア　多くのしまじまからなり立っているので。

イ　日本のもっとも南にあるので。

❷ 沖縄の海にくらしている、せかいでもっとも大きいといわれる魚は、何ですか。

（　　　　）

ことができます。

しまの中を歩いていると、あちらこちらのたてもののやねの上や門などに、ライオンのような形をしたおきものが、かざられているのが、目に入ります。これは、シーサーといって、まよけとしてかざられています。シーサーのしせいやひょうじょうは、さまざまです。おもしろいですね。

＊シュノーケリング……マスクやフィンをつけて、シュノーケルとよばれるまがったくだの一方のはしを水面上に出し、もう一方を口にくわえて、いきをしながらおよぎ、水中のけしきや魚を見て楽しむこと。

❸ 海の中が見えるように作られたのりもののことを、何といいますか。

（　　　　　　）

❹ シーサーについて、正しい文は、どれですか。二つに○をつけましょう。

ア　たてもののやねの上や、門などにおいてある。
イ　マンタのような形をしている。
ウ　まよけとしてかざられている。
エ　どれも同じしせいやひょうじょうである。

28 SDGsって、何？

あなたは、「SDGs」という言葉を聞いたことがありますか。

「SDGs」とは、地きゅうにすんでいる、わたしたちみんなの目ひょうのことです。２０１５年の国連サミットで、せかいのさまざまな立場の人たちがあつまってきめました。

今、地きゅうはあぶないじょうたいです。工場や自どう車などから出るガスや、海や川などにすてられたたくさんのごみなどによって、しぜんかんきょうがかわったり、気温が上がったり、さいがいがおきたりしています。

また、せかいには、食べものやお金がなくてこまっている人たちや、せんそうにまきこまれてこ

---

❶ 「SDGs」とは、どのようなものですか。

・（　　　）にすんでいるわたしたちの（　　　）で、（　　　）年にきめられたもの。

❷ 地きゅうには、どのようなもんだいがおこっていますか。

・ガスやごみなどによって（　　　）

読んだ日　　月　　日

まっている人たちもたくさんいます。

これらのもんだいをほうっておいたら、地きゅうもわたしたちもたいへんなことになります。「SDGs」の十七の目ひょうは、これらのもんだいを2030年までになくすために作られました。みんなで力を合わせて目ひょうにとりくむことで、この地きゅうで安心してくらしつづけることができるようにしたいですね。

がかわったり、気温が上がったり、（　　　）がおきたりするもんだい。

❸ せかいには、どんなことでこまっている人たちがいると書いてありますか。合うもの二つに○をつけましょう。

ア 食べものやお金がないこと。

イ さいがいをふせぐことができないこと。

ウ せんそうにまきこまれていること。

29 エネルギーをみんなに

エネルギーをみんなに　そしてクリーンに

わたしたちのくらしは、電気にささえられています。電気がなければ、エアコンでへやのおんどをちょうせつすること、電子レンジでごはんをあたためること、夜になったらへやを明るくすること、テレビを見ることなどが、できなくなってしまいます。

電気はおもに、石油やガスをもやして作られています。しかし、石油やガスは、かぎりのあるしげんです。このままつかいつづけていれば、いつかはなくなってしまいます。また、石油やガスをもやしつづけることは、地きゅうの気温が上がったり、しぜんかんきょうがかわったりすることにもつながります。

読んだ日　月　日

❶ わたしたちのくらしは、何にささえられていると書いてありますか。かん字二字で書きましょう。

❷ 電気を作るための石油やガスのせつ明として、合うほうに○をつけましょう。

ア　石油やガスは、いつかはなくなってしまう。

イ　石油やガスをつかわないと、電気は作れない。

そこで、さいきん注目されているのが、「再生可能エネルギー」です。「再生可能エネルギー」には、太陽光・風力・地熱・水力・バイオマス*などがあります。これらのエネルギーは、地きゅうにやさしく、安全なエネルギーです。しかし、いちどにたくさん生み出すことはできないため、どうしたらたくさん生み出せるか、せかい中のけんきゅうしゃが考えています。

　これからも電気をつかいつづけていくために、わたしたちにもふだんからできることがあります。それは、電気を大切につかうことです。

*バイオマス……どうぶつやしょくぶつから作るエネルギーのこと。

❸ 再生可能エネルギーとは、どんなエネルギーですか。せつ明として合うもの二つに○をつけましょう。

ア 今はまだ、いちどに多く生み出すことはできない。

イ 地きゅう上にはなく、新たに生み出すことになる。

ウ 地きゅうにやさしく、安全なエネルギーである。

❹ 電気をつかいつづけていくために、わたしたちがふだんからできることは、どんなことですか。

（　　　　　　　　　　）

30

よい教育をみんなに

質の高い教育をみんなに

日本でくらすあなたは、字を読んだり書いたりすることができますし、計算することもできますね。それは、学校へ行って、教育をうけているからです。

せかいには、学校に行けない子どもたちがたくさんいます。その理由は、学校が近くにない、まずしくてはたらかなければならない、せんそうがある、などさまざまです。

学校に行かず、読み書きや計算ができないまま大人になると、自分たちの生活やせかいをよくするためにはたらくことが、むずかしくなります。

このように、学校でうける教育は、人生や社会に大きくかかわるとても大切なことです。

読んだ日　月　日

❶ せかいのたくさんの子どもたちが学校に行けない理由はいくつ書いてありますか。かん字の数字で書きましょう。

・□つ

❷ 学校で読み書きや計算をならわないまま大人になると、どんなことがむずかしくなりますか。

・自分たちの（　　）や（　　）をよくするために

そこで、せかい中のみんなが教育をうけられるように、学校を作ったり、教育にひつようなものをとどけたりする活動が、広まっています。

たとえば、ランドセルは小学校をそつぎょうしたらつかわなくなるので、まずしい国の子どもたちにきふ*することができます。ものが足りない国の人たちにとっては、とてもたすかるというわけです。

こうした活動は、「SDGs」の目ひょうをなしとげることにもつながります。

*きふ……お金やものを、足りないところにさし出すこと。

❸ みんなが教育をうけられるようにするための活動として、どんなことがありますか。

（　　　　）こと。

・つかわなくなった（　　　　）をまずしい国の子どもたちに（　　　　）すること。

❹ ❸のような活動は、どんなことにつながりますか。

［　　　　］

31

つくる責任　つかう責任

本当にひつようなものを考えよう

あなたは、本当にひつようなものだけを買っていますか。たとえば、しょうみきげんが近いおかしがやすくなっていたので、たくさん買ったけれど、食べきれずにすててしまったということはありませんか。

日本では今、二十四時間あいているコンビニエンスストアがたくさんあります。また、お店に行かなくてもインターネットで買いものができるようになり、ほしいものがすぐに手に入る、べんりなよの中になりました。

一方で、毎日たくさんのものが、ごみとしてすてられています。ごみの中には、まだ食べられるものや、つかえるものもたくさんあります。

読んだ日　月　日

❶ ほしいものが手に入るべんりな方ほうとして、どんなことがありますか。合うもの二つに○をつけましょう。

ア　しょうみきげんが近いおかしをやすく買うこと。

イ　いつでもあいているコンビニエンスストアで買うこと。

ウ　インターネットで買いものをすること。

❷ ごみがふえると、どんなもんだいがおこりますか。

・しぜん（　　　）

では、すてられるごみがふえると、どうなるでしょう。森林、海などのしぜんかんきょうがこわれてしまったり、ごみを食べたどうぶつがしんでしまったりするなど、多くのもんだいがおこります。

大切なことは、まず、作る人が、むだになるとわかっているものは作らないようにすること。つぎに、買う人やつかう人が、食べきれないものやつかわないものは買わないようにすることです。

わたしたちの一人一人が、毎日食べるものやつかうものに気をつけることで、地きゅうかんきょうやどうぶつをまもることができます。

がこわれてしまうこと。

・ごみを食べたどうぶつが

（　　　　　　）

こと。

❸ ❷のようなもんだいをへらすために、(1)作る人、(2)買う人やつかう人は、どんなことをするとよいですか。

(1)

（　　　　　　）

(2)

（　　　　　　）

答えとアドバイス

おうちの方へ
◎解き終わったら、できるだけ早めに答え合わせをしてあげましょう。
◎まちがった問題は、もう一度やり直させてください。

1 うさぎと かめ 6～7ページ

❶ おかの 上（ちょう上）
❷ ア
❸ おか
❹ なまけた

【アドバイス】
❹ うさぎの自信過剰から、走るのをなまけてしまったということを理解させましょう。

2 アリババと 四十人の とうぞく 8～9ページ

❶ いわ山・木の かげ
❷ 入り口
❸ おやぶん・とじよ ごま！
❹ たから

【アドバイス】
❹ 岩山の開け方を覚えたために、宝を手にすることができたわけです。

3 よくばりな 犬 10～11ページ

❶ にく・犬
❷ （力いっぱい、ワンワンと）ほえた
❸ （はしの 上の）じぶん
❹ よくばった

【アドバイス】
❹ 最後の二行に、「欲ばると、ろくなことがない」というイソップの教訓が表れています。

4 どきどき 12～13ページ

❶ ウ
❷ しんぞう・どきどき
❸ おさまって
❹ がんばろう

【アドバイス】
❷ 「心臓がとび出しそう」は、「どきどき（＝動悸（どうき））」が激しい様子を表すときに使われる言葉です。

5 なんで わたしだけ 14～15ページ

❶ けいた
❷ けいた・へいき
❸ イ
❹ ア

【アドバイス】
❹ がまんをしなければならない「おねえちゃん」の立場をわかってくれていると思い、うれしかったのです。

6 おめでとう 16〜17ページ

❶ りゅうた
❷ ふきげん
❸ おめでとう・はずかしく
❹ はればれ

【アドバイス】
❹ りゅうたに、すなおな気持ちでお祝いを言えたことで、わだかまっていた気持ちが、すっかり消えたのです。

7 かなづち 18〜19ページ

❶ かなづち
❷ イ
❸ かなづち・となり（の家）
❹ （とても）けちなところ。

【アドバイス】
❹ 金づちを貸してくれない隣のおじさんと、隣から借りようとしたお父さんのどちらもけちなのです。

8 気の長い人 20〜21ページ

❶ 気の長い
❷ つり
（つりを）見ている
❸ ウ
❹ 思っていない。

【アドバイス】
❹ つりを見ている人は、そこが水たまりだと知っていたことからわかります。

9 まんじゅうこわい 22〜23ページ

❶ まんじゅう
❷ ウ
❸ ウ
❹ こわい

【アドバイス】
❷ 本当はまんじゅうが好きで、二人の友達をだまし、まんじゅうを食べてしまったことを読み取らせましょう。

10 のっぺらぼう 24〜25ページ

❶ 顔
❷ のっぺらぼう
❸ 交番
❹ のっぺらぼう

【アドバイス】
❹ 「さっきの女と同じ」とは、「目もはなも口もない、のっぺらぼう」ということです。

11 おにのすむ家 26〜27ページ

❶ 古い家
❷ かぎ
❸ イ
❹ おに

【アドバイス】
❸ 「ふりむくと、……ていた。」の一文に理由が書かれているので、そこから読み取らせましょう。

12 しゃべるはれもの 28〜29ページ

❶ わらっている人間の顔
❷ しゃべっ・わらっ（順不同）
❸ イ
❹ シュッ・きえて

【アドバイス】
❸ 男はれものが寝ている間に、気づかれないようにそっと、医者の所に出かけたのです。

13 ころばぬ 先の つえ 30〜31ページ

❶ しっぱい・まえ
❷ ㋐レインコート
㋑（たくさんの）おかし
❸ ねんには ねんを 入れる

【アドバイス】
❷「転ばぬ先のつえ」にあたる具体例が、このお話では二つ挙がっています。

14 なさけは 人の ため ならず 32〜33ページ

❶ おばあさん・かさ
❷（おなじ クラスの） えり
❸ ウ

【アドバイス】
❸ このお話で「情けは人のためならず」にあたるのは、さつきがおばあさんに傘を貸してあげたあと、えりから貸してもらうことになったことです。

15 ねこの手もかりたい 34〜35ページ

❶ お昼どき・行れつ
❷ ア
❸ 手つだい・いそがしい

【アドバイス】
❶ お昼どきには混み合うため、普段はパンを作る係のお父さんまで、レジに出て手伝っており、非常に忙しい状況であることを確認させましょう。

16 火花をちらす 36〜37ページ

❶（クラスたいこう）ドッジボール大会
❷ イ・エ
❸ 一組
❹ たがいにはげしくあらそう

【アドバイス】
❹「火花」とは、金属や石などが激しくぶつかったときに飛び散る火の粉（こ）や、放電するときに出る光のことです。

17 「七夕」…たんざくに ねがいを 38〜39ページ

❶ イ
❷ ねがいごと・たんざく・ささ竹
❸ 会いたい

【アドバイス】
❸ 織姫（おりひめ）と彦星（ひこぼし）の会いたいという願いがかなったことにあやかろうとして、短冊に願い事を書くのです。

18 秋のまん月をながめる「お月見」 40〜41ページ

❶ 九月（ごろ）
❷ すすき・米のこな・かき
❸ 中秋の名月・いも名月（順不同）
（それぞれ、「　」があっても正解）
❹ 十五・十二（順不同）

【アドバイス】
❶ 旧暦は、新暦よりも約ひと月ほど早い時期に当たることを教えましょう。

19 「せつ分」…おには外、ふくは内！ 42〜43ページ

❶ 二月三日（ごろ）
❷ おに・しあわせ
❸ 一年間元気にすごせる。
❹ えんぎ・（切っていない）太まき

【アドバイス】
❸ 豆まきに使う「福豆」は、年齢より一つ多く食べることもあります。

20 フィンランド 44〜45ページ

❶ なつ
❷ オーロラ
❸ トナカイ
❹ ゆうびんきょく

【アドバイス】

サンタクロース村は、フィンランド北部、ラップランド地方のロヴァニエミという都市にあります。

21 イギリス 46〜47ページ

❶ サッカー
❷ 十一
❸ イギリス
❹ ウ

【アドバイス】
❶ サッカーのワールドカップは、オリンピックと同様、四年に一度開催されます。

22 インド 48〜49ページ

❶ ルー
❷ スパイス
❸ かおり
❹ チャパティ
❺ イ

【アドバイス】
❺ インドでは、多くの家庭で、カレー粉を手作りしています。

23 オーストラリア 50〜51ページ

❶ ウォンバット
❷ くちばし
❸ ひつじ
❹ イ
❺ セーター

【アドバイス】
羊毛の生産量が世界一の国は、中国です。

24 徳島県　52ページ

❶ イ
❷ たいこ

【アドバイス】
❶ 阿波踊り(あわおど)は、両手を上げたままで踊ります。右手と同時に前に突き出すのは、右足です。

25 香川県　53ページ

❶ こし
❷ いりこ

【アドバイス】
❶ 「こし」とは、めん類などの粘り気や弾力のことだと教えましょう。
❷ 小さな雑魚(ざこ)(いわしなど)をいって干したものが、「いりこ」です。

26 北海道　54〜55ページ

❶ もっとも北。
❷ 七月
❸ きたきつね
❹ イ
❺ くじら

【アドバイス】
❶ 「北」でも正解とします。「もっとも(最も)」は、「いちばん」という意味であることも確認しておきましょう。

27 沖縄県　56〜57ページ

❶ イ
❷ じんべえざめ
❸ グラスボート
❹ ア・ウ

【アドバイス】
❸ 底の部分がガラス張りになっている船です。

28 SDGsって、何?　58〜59ページ

❶ 地きゅう・目ひょう・2015
❷ しぜんかんきょう・さいがい
❸ ア・ウ

【アドバイス】
❷・❸ 地球環境に関する問題と、世界の人々に生じている問題と、どちらもあわせて、後半で「これらのもんだい」とまとめて述べています。

29 エネルギーをみんなに　60〜61ページ

❶ 電気
❷ ア
❸ ア・ウ
❹ 電気を大切につかうこと。

【アドバイス】
❷・❸ 石油やガスには限りがあるので、今後は再生可能エネルギーを使おうという動きがあることをとらえさせます。

30 よい教育をみんなに　62～63ページ

❶ 三

❷ 生活・せかい・はたらく
（「生活」と「せかい」は順不同）

❸ ランドセル・きふ

❹ 「ＳＤＧｓ」の目ひょうをなしとげること。（「」はなくても正解）

【アドバイス】

❶ 「学校が近くにない」「まずしくてはたらかなければならない」「せんそうがある」の三つです。

31 本当にひつようなものを考えよう　64～65ページ

❶ イ・ウ

❷ かんきょう・しんでしまう

❸ (1)むだになるとわかっているものは作らないようにすること。
(2)食べきれないものやつかわないものは買わないようにすること。

【アドバイス】

❷・❸ ごみが増えることで生じる問題と、ごみを減らすための対策を、それぞれ正確におさえさせましょう。

あなたの学びをサポート！

家で勉強しよう。
学研のドリル・参考書

URL　https://ieben.gakken.jp/
Twitter　@gakken_ieben

読者アンケートのお願い

本書に関するアンケートにご協力ください。下のコードかURLからアクセスし，以下のアンケート番号を入力してご回答ください。当事業部に届いたものの中から抽選で年間200名様に，「図書カードネットギフト」500円分をプレゼントいたします。

アンケート番号　305586

URL
https://ieben.gakken.jp/qr/ohadori/

◆デザイン　川畑あずさ
◆表紙イラスト　田島直人
◆本文イラスト　水野ぷりん，こしたかのりこ，いとうみき，矢島秀之，凹工房，菊地やえ，竹永絵里，すみもとななみ，川添むつみ，さとうゆか，ふわこういちろう，山崎千央
◆編集協力　鈴木瑞穂，倉本有加
小杉眞紀，（株）奎文館，島田早苗，田中裕子
◆DTP　株式会社四国写研

この本は，下記のように環境に配慮して製作しました。
※製版フィルムを使わない，CTP方式で印刷しました。
※環境に配慮した紙を使用しています。

おはなしドリル ベストセレクション

はじめてのおはなしドリル　低学年

2022年8月23日　初版第1刷発行

編者　学研プラス
発行人　代田雪絵
編集人　松田こずえ
編集担当　山下順子
発行所　株式会社 学研プラス
〒141-8415
東京都品川区西五反田2-11-8
印刷所　株式会社広済堂ネクスト

◎この本に関する各種お問い合わせ先
＊本の内容については，下記サイトのお問い合わせフォームよりお願いします。
https://gakken-plus.co.jp/contact/
＊在庫については
Tel 03-6431-1199（販売部）
＊不良品（落丁，乱丁）については
Tel 0570-000577
学研業務センター
〒354-0045　埼玉県入間郡三芳町上富279-1
＊上記以外のお問い合わせは
Tel 0570-056-710（学研グループ総合案内）

①